灯色醱酵

三井葉子

思潮社

灯色醗酵　目次

装画＝西脇順三郎『葎』より「或るバレエの背景」
扉＝山崎斌『日本草木染譜』より「茜（生態）」

灯色醱酵

ことしも咲いて出る　梅

おんなはあこがれていた
解けないおとこに？

はははは

岩は舐めても解けないが
おんなの氷砂糖は舐めると解けるのだ

おんなは解けてなくなったが
業は残った

そして
おそろしや
梅のはなになったのかしら

日はまた　沈む

どうして飽きもせず日はのぼり
日はまた沈む　のか
撥ねる子を遊ばせようとして？

たとえば
本質　時間のように撥ねるのが仕事の子供がいるので？

もちろん区切ってこそ　時間　と名付けられているが
——区切らねば
　在る　というだけのことだ

アル
アル
アル
と
カラスがとんで行く。

撫でさすれ

せめては言葉で慰めよ
うつくしい言葉で撫でさすれ

日本語がひっかかっている
橋ゲタに

どうしたの?と聞くと
眼に青空が写っている

流れて行けたらよかったのにナ　海峡を渡るなんてスグなのに

どっちにする？
右？
左と言いながら橋の下のゴミを拾う

さびしい日本語族
言葉ができてから
言葉で生きて
言葉の先っぽから傷み。

せめて言葉の先で撫でよ
ヒトを安楽にせよ

犬も猫もツヤツヤの毛皮の先で地面をさすっているではないか

ポツリ　ポツリと
雨かな。

夢刺し

地獄と極楽のあいだは川が流れていたので
わたしは川を渡るゆめをみた

キミはどっち？
極楽に渡る？

それとも地獄にする？

バッタはバッタに変りはないのだが、全身を見よう見ようとしていまに
手間取って。夕焼けである
バッタは草色だったのに夕日を浴びてきん色になった

夢刺し*の夢のつづらは金糸刺し
金糸に刺してかざすつづらを　とむかしはきん色のゆめをみたこともあ
ったのに

＊三井葉子第五詩集『夢刺し』から。

二人連れ

わたしは結局
ことばと二人連れ
ことばと

ことばと波枕
ことばがゆったりとしていると
わたしもユックリと手足をのばした
ことばの行かないところへは行かなかった

ことばが呼ぶと行けそうにもないところへも行った

おとこはわたしを抱いたが
あれはおとこではない
ことばが抱いた
ことばがからだになるのだろう

ひろがって

そうでなければ消えるはずがない

あれは誰だったか　ゆめの逢いは
さびしかりけりいたづらにかき探れども手にも触れねば
と
言ったのは。

断絶

夜中にデンワのベルが鳴って
いまから死ぬ
と
石原さん*が言った
わたしはちょっと考えたが
仕方ないので
どうぞ　と言った

彼はそのとき死ななかったがさくらのような雪のふる抑留地シベリアで
凍っていたので、ときに解けたくなるのだ。

でも

凍っているからこそヒトとヒトとの間は断絶することができる。それこ
そがわたしたちが共生できる基なのだと彼は言ったのだ

夕焼け雲が解けながら棚引いている

断絶も
共生も
もう　わたしたちには用がないわね。

＊詩人・石原吉郎。

忘れる

一月忘れ
二月忘れ
三月忘れ
四月も忘れ

とうとう記憶の軌道から落ちる

みよ

落下傘空を行く　みよ落下傘
空を行くぅ
子供のころは軍歌をうたった　ナ
落下傘は白い雲の下でパッとひらいて次ぎつぎ　飛行機から落ちた
晴れ
上空は南南東のかぜとラジオが言っている

年寄ると

忘れて　ナ
と
もう小枝に引っかかることもない
あんなに拘束がキライだった
わたしの
それがユートピアではないか

でも
忘れてしまうのはたいくつ
生きることは忘れないこと　忘れず繋ぐこと
なので。お針仕事もできないではたのしみがない

酒なくてこの人世のタイクツに耐えられるか
と　言ったのは朔太郎*だが朔太郎は酒呑むほかは針仕事も
できないヒトだったのか。

やれ
やれ。

*詩人・萩原朔太郎。

ざんざん

土用の井戸は毒性《どくしょ》が通る
赤い札立てて
青い札立てて
黄の札立てて

あら
紐になった蛇もいる
山ちゃんもいる

信ちゃんもいる

アイ子さんも
唐辛子みたいにカラカラに乾いている

おばあさまが留守のあいだ
お花に水をやってね　というと
はあイと孫達が言っている

バケツに一杯
ザンブ
わたしもやりたアいとバケツを奪い合って
ザンブ

ざん
ざんざん根腐れするまで　ザン
さすが土用かな
さすがに根も音《ね》をあげる

ざんざん

さんざんでしたとエンマさまにいうと
エンマもうれしそうに笑う。

移さず　移らず

手ェ　洗ったァ？
マスクしたァ？
野中の一軒家は類焼しない華麗
わたしはハシカのようにうつる病がきらい。とずうっとまえに書いた　わたしの華麗。
すこしのひかりと
すこしのかぜと遊びなさい

そして
おとなになりなさいとちいさいひとの頭を撫でる
そう　マスク
忘れないのよ
手洗いデショ

わたしは年取って手の甲はもう　水も弾かない

でも
華麗です
移さず
移らず。

あいさつ

なにしろはじめて行く家なのであいさつを考えている
こんにちは
も。なあ
はじめましてというのも節がないし

道端まではみ出している
のうぜんかずら
ちょっと枝を払ってやると姿がよくなるのにナとよその家の心配をしながら

坂道

五番地？
六
七がない。細道を曲がる

汗拭いてやがて五月の町をゆく　葉子

これはじぶんへのアイサツ。名刺を出すまえにもう、帰り支度である。
名刺なんぞいつごろから使われるようになったんだろ

句はあいさつ。
するとやっぱりもとは装飾か
暑苦しくデコレーションしない装飾なのだ
ハイクは世界でいちばん短い詩だと誰か言ったけれど。

姐《あね》

詩人か。

ソンナモン、最低やと小説家の姐はいう。

小説は散文なので関係が生き甲斐である。詩人は関係を脇腹にそよがせているヒトのことである。詩人が世間に容れられない理由が分かる。関係こそがヒトが生きて行く要件なのに。

大根下すときはナ、こわアイかおして磨りなはれ。大根はどれくらい痛いか。その痛さが大根下しの旨みになってヒトの栄養になるネン。

ヒトと大根が繋がる痛さも知らんで、なにがシジンや　と
姐がいうのである。

そうか
詩人にとって個体こそが自律スルするが、散文では関係こそが生きると
いうことなンヤなア

と
わたしは思うのである。

ソヤケドな
そんなら最初の大根はどないなるのん　ヒトとヒトを繋ぐあの苦い大根
の個種のことデスケド

そやし

梅は梅
桃はモモ　さくらはサクラとわたしはひそかに抵抗するが
アホやナ　アンタ
ウメモドキ　サクラモドキ　銀座も全国にあるねんで
ホンマモンなんてこの世にあるカイナ　と言われそうでアルのを、ひそかにおそれているのである。
姐よ。

現代詩

山里で暮していると
眼に入るものがゆれている

町にきて
ビルディングの大きな窓から外をみると

朝も昼も
おんなじ

こんなカサブタを土のうえに作っていたのか

リンゴのひと切れを歯でたのしみ
歯から舌に渡るまを世界　と呼び
ゆめ疑わなかったわたしのバカ

枠が白い　ペンキの木のドアから出たり入ったり

あるときはコスモスといっしょに入ったり
すると一日が暮れ
わたしはわたしを見失うのだった

魚のゆめ
鳥のゆめ

ゆめの波で濡れ
ゆれるものといっしょにこわれようとしていた。

現代詩の
バカ。

踏み返し

ひと流れ
ふた流れ
ウソという名の雲のたなびく
わたしは不確実。言いたい放題を暮している

ウソを着て

水掛不動サン*の肩には苔が青々と生え　お顔も苔でね
もちろんお目は苔の下
その下は石だがまいにち柄杓で水を掛けられ

柄杓の水が苔になる年月が嘘でなくてなんであろうと
立っておられる

山よ
川よ
わたしを抱いておくれ
ウソの友のすくない山河で
ウソすくなく生きたいと思いながら
実《じっ》に行こう行こうとして一直線に堕落したわたし

踏み返し
踏み返し

＊水掛不動尊。千日前天龍山法善寺境内に建つ。

長雨

蜂の女王は所在ない
なぜ部屋が六角形なのか分からない

うつら　うつらしているまに暮し向きが変るんだろうか
眼が醒めたらながいながい堀が屋敷を囲んで
果てまでは。とても行きつけないね

所在なければ

ながめているほかはない長雨
そのうちに
密になる
春の夕暮れが菜の花畑で
むせ返るとき

天地混淆のときがわたしは好き

名を失う
失神のときがいまも好き。

みれん

感応が
田の縁をあるいている
鴫は水田にまっすぐあしを立てて餌を啄んでいる
鴫
シギシキ
識　シキ識即是空　空と夕空の色をたのしみながら
暮色の畦を歩いている

別れ難いはこのうつくしさ。
感と識はほとんど左右に別れるが色　即是空。
誰だったか
こんな簡単なことを言ったのは

ちょとごめんよ。
わたしも入れてというと。どうぞどうぞと星のひかるよりはやく立ってきて
招き入れてくれる夕暮れに
別れ難いのはあなたの色よ、と惜しみながらいう。

みれん　かな。

夕雲

詩は連続せずに
切るので　切るということがその姿のうちにあり詩を書くわたしは
切って傷んでいたかもしれない。

散文は山の池に写っている
どこかに行きたかったスカートをひっぱって
流れて行く
秋の雲

とうとう物語にならなかったわたしの足踏みが
トントン　トン
重なり
また
放れて行く
雲よ
泣いていたのか　と思うあかい眼を引きつつ

灯色醱酵

善人なをもちて往生をとぐ。いはんや悪人をや*

このお文章に出会ったのはわたしには大事件であった。どうしたら生きられるのか分からなかったわたしのむねに、とつぜん灯がついた。
価値を作るのは世界を作ることである。
虚構に出会ったのよ　と。小説家のM氏に言うとM氏は
それこそが宗教ナンヤ　と言った。M氏は親鸞学者である。

虚構の庭は五色の花びら
水は日射しをたたえ
鯉は笑っている

そんならわたしも生きられると十八のわたしは思った。生きられる、ではなく生まれられるとわたしは思った。死に死にて生き生きるいのちである。

ムネがドキドキした。このフレーズに出会って一週間は熱が出た。

灯色醗酵。

＊歎異抄・悪人正機の項。

柳

きれいすぎる
と
言われて

それでは一回転
首でもすげかえるつもりが　ハァ
まちがって芽吹いてしまった
柳は姿もよく

枝にうすぎぬ
指にうすべにというかだんだんよくなる法華の太鼓

もっときれいになって行く

違うものになるのは難しいものだ
たとえ落ちぶれてても
おとろえても
よし　見間違えられたとして
きれいはきれいのなれの果て

お茶椀　割った
皿割った　おかして*たまらんトッテレ　チン　チン
と
踊っている

割っても
割っても割れない柳が　トッテレチンチン
芽吹き柳は
姿もよくて

きれい　かナ。

＊大阪弁・おもしろうての意味。

初乳のように　ね

遺言は過ぎこしかたを慰めるコトバです
わたしが行ってしまったあとひとり佇んでいるさびしいわたしに
わたしはコトバをかけてやらねばならぬ

水をかけるように
呼び水のように最初のコトバを

誰のコトバかもしらなかったが　わたしはひとこと　またひとこと
それから一行

また一行とからだの奥に白い髄のような
みじかい糸屑のようなものを持っていたので
それでコトバで太ったのです

コトバがきて　太った

それで
わたしは
せめて初乳のように　ね
と
残して置かねば
と
思っているのです。

カミ笑い

みどり児の笑《え》まいをカミ笑《わら》いと言い
あれは
カミから来た音信　音信と交信しているのだと思うヒトの
ふしぎ

若い母親はムネをはだけて
惜し気もなく

乳房をふくませ
カミからの子を抱いている

ヒトとヒトの間にはうっすらとしたミドリの線があり
皮膚のようにヒトを守っている
でも
そこをすこし破り

もし
カミと遊べたなら　と思うのが
わたしの
ゆめ。
ふっと
踏みこんでしまう
ゆめ。

ちいさいひとへ

眠る子は
眠りのなかで夢を見ている
まだ　彼女自身が夢のようなのに
もう　彼女は夢を見ているのだ

過去が
彼女のなかにたぶん古い古い過去が彼女のなかに住みついているので

かわいそうに
もう　夢を見ている大昔の夢を
馬に乗って駆けていた　路地の溝に靴を落した
待っているのに来ないひとや
跳ねる鯉や
お箸を上手に使えない夢や
ああ
これからすこしずつ
彼女は一生　思い出して行くのだ

かわいらしい
花びらのようなくちびるをぽっとあけて眠っている

どうかそこからよいものが入って行き
よくないものは出て行くように

知恵や熱や
たましいとよばれるようなものはみな、空にあるので
アア　アと両手を上げてカーテンを引っ張るように
空から
そんな
これから生きて行くのに要るものを引き落そうとしているのだ
そして響きをよりしろに降りてくるものがまいにち　まいにち
ちいさいひとをそだてている。

秋

華名子*に

社会と生きると社会の歯車になる。ボクら歯車デスネンと息子がいう
歯車と歯車の関係は密で　じぶんの肩など半身もはいらぬ
ひきころされる

あれエぇ

おばあサマ　世の中はナいろいろ難しいことあるねんでと
わたしは小学生になったばかりの孫娘にさとされている

ハナはナ　そやから大きいなりとうナイネンという
そうかい　そうかいと思わずわたしは笑う。

押し入れば舳先ふいと生《ヴィ》匂ひ　葉子

ハナ
これから生きて行くのか
美しい世を。

＊末の孫娘・山荘華名子。

雀

さあさ　早くお風呂にしておしまいとお母さんが子供らを急がせています。みな、おおあわてで服を脱いで――月の光を浴びます。水も寄ってきて流れます。火もきて火を洗っています。清まろうとしています。清まったら
汚れのない衣類をまた体に巻いて
眠ります

かぐやひめは生まれたときも死ぬときも生きているときもひかりに包ま

れていて。ふしぎだったけれど。

もし
もし
隣は
かぐやひめさんですか？

ええ
そうです
もうちょっと奥に行くと舌切り雀さんのお宿です。

さまざまなことがありましたけれど。ひとはどこにも行けないのだ
でも　なんでも知っているのですねえ。
舌切り雀の家の番地まで分かっている。わたしにも分かったのです。さ
まざまのことは異次元ではなく平面での移動なんだというふうにです。

もちろん次元サンだってじぶん達が球体だとも上下関係だともなんとも
言っていませんけれど。

わたしは知識は地図かな　と思っています
ええ。
空とぶものも航路表を持っている間は移動です。

流れるといはず居並ぶ寒雀　　葉子

灯《ひ》色《いろ》

ももいろの敷布
おとこのあし包んで
あしが出てももっと包んで
さくら餅

餅ェ　餅
餅売りの声

遠くからみていると
ももいろの雲があるいているみたいです

いらんかな

いらんかな
大きな口をあけていうと
蛙がいちばんにきて
次は鵜がきて
あかい夕日が沈みます

夜になると
みんな車座で
くつくつ　くつと話しています

ああ　地球に灯が入り
こんどは灯を包んで
くつくつ　くつと話をするのです
いらんかな。

さざんか

わたしにははなら一輪ほどの闇があります

きのうは木陰で
三時のお茶をいただいた
でも
半分はテーブルの下に落しました

わたしは養っていたのです
パン屑を落し
紅茶も飲ませ

わたしの闇を養っていたのです
でも
このごろは
てのひらからころころと
指の間から
はらはらと
なあんにも考えていないのに落ち

よくみると
さざんかのはなびら
ではないか

このごろはなんでもわたしに断わらずにスルのだ　ね
と
拾っています。

夕凪

海は
凪をあそんでいる
かすみ立ち　かすみ消えるあの凪に誰か雑《ま》じることがあるのだろうか
ことば　と、わたしは呼んでみる
たそがれひとり戸に立ち寄りて切なくきみを思はざらめや*　と

わたしも外に出て
戸口に立つことも覚えたのだ

ことばは消えることができる
わたしはなにを消したのだろう
とぶように逃げて行く時《とき》　に立ちはだかって
失うものを
あずけたのではないか
ことばに

ことばは消える
ことばは抱きしめる

そんな愉楽の
夕凪の

とき
を

ねえ
誰か覚えてる？

＊三世紀中国の女詩人・子夜の作。『車塵集』（佐藤春夫訳）「思ひあふれて」より。

バリッ

触診のとき
わたしの体の発信がドクターの指にとどくのがわかる
スゴォイ
わたしは
なにかと触れてしまった聖像の指を思い出している
つい

わたしもドクターに近付こうとするが

そこには方一米《いちメートル》くらいのバリアがあるらしく近付くことができない
境界が
バリッ
バリ　バリと火花を散らしている

目をこらすと臨床医学の隣は薬学で　薬学は
指示通り
チャンとお薬を飲んで下さあいと一日じゅう叫んでいる
数える隣では数学が天《そら》まで行く算数に熱中している　なにしろヒト類の
最終目標はソラに行くことなので。
医学は　ではヨッコラと立ち上り　とぼとぼと夜道を帰って行くほかは
ない

バリッ

医は学ではなく
術からはじまっている
医学よ
影を跨いで
ほら　飛んで
と
わたしはそのかすが　せっかくの正確がまた混沌《マグマ》に返ってしまうと正
確は承知致さぬ
バリ　バリッ

ソラに伸びた梯子がなんどでも落ちてくるあのはるのひかりの崩落
を
と
ひそかにソソノカシテいるのに　ナァ

橋上《きょうじょう》

いつ死んでもよい
でもネ　きょうでなくてもいいと友人が言いました

それを聞いて　わたしは目が丸くなりました
いつでもよいが　きょうでなくてもいいナンテ。
八十二歳の友人は、まず一年ほどは持つでしょうと言われる病になったのです

あの世とこの世を彼岸と呼び　此岸と呼び
虚空には

橋が
懸っていると言いますが　友人のこのあし取りのこの軽さ

そう言えば北斎*にも峡谷に懸る橋を渡るひょうきんな旅役者らの絵図がありました

落ちてもヨイ
落ちなくてもヨイかずら橋を渡るひとたちのひょうきんが

音までたてて
くちぐちの声までたてて渡って行くうつくしさ　絵師のひとすじに現われるこの豪奢

いのち懸けを　あ、そうか
ひょうきんというのだな　と思ったのを思い出します。

*葛飾北斎・宝暦十年生。江戸期浮世絵師による絵は「猿橋橋上角兵衛獅子」。

時のそら

わたしたちの戦後は。欲しがることからはじまった
欲しがりません勝つまではと天皇ヘイカにも国家にも誓ったので。もっと欲しいと言っていいのだと詩人がうたい。みなもソウダソウダと言ったので、なあんだ欲しいと言っていいのかアと小学生だったわたしは気落ちした

みんなでテンノウヘイカバンザイと言い
みんなで旗を振ったので

たくさんのおとこ達が死んだのだとわたしは思っていたから　ずうっと
それがいましめであった。

でも
欲しがってよいココロは欲しがりません勝つまでは　ということばとお
んなじ悪意で進駐軍式デモクラシーの雨になって降ってきた。ちなみに
欲しがりません勝つまでは　はドイツの標語だという。わたしたちは校
庭で頭からＤＯＴという殺虫剤をふりかけられてみんなでしらみみたい
にまみれてマッシロになったが

それでも
ヒトは絶望しない
なにが起ころうと　アラ　エッサッサアと駕籠かきが時をかついで
走っているので

駕籠かきが音もたてずにかけて行くあの足元を見送っていたので。

そらよ
それがわたしたちの　未来だった。

それが
絶望しないわたしたちの未来だった。

絶たず

所在なく
座っている

あしをのばすと
もちろん左右の膝頭がくっつかない

どちらかがまっすぐなら
どちらかが反逆している

以前は
蜜月らしくピタッとくっついていたが
わずか
七十有余年で
離れたのだナァ

あしは花のように笑っている
彼女が歩いた道の記憶で色付いている　ナ

わたしはあしを眺めながら
わたしのこころとなんの関りもないナ　と思っているが。

夜中に　と
老詩人は言った

知っているうたを一晩中うたうんだ
詩人は
記憶のところへ行きたかったんだと　いま
わたしは思っている
飛行して行くのがみえる
上州の桑畑の桑の匂いがしますよ
詩人サン
村の社《やしろ》にあった大きな置き石に子供のころはよく登ったサと聞いた石の
不断。

あとがき

いま。

考えてみて、なぜわたしのような子（？）につまりすこしばかりの反逆があったのかというと。ああ、つまりわたしは焼け跡の子だったんだナと思うのである。

わたしは焼け跡で暮したわけではない。母屋は大屋根の瓦がぶ厚かったし。そのころは洋館と称した棟には大理石のヴェランダもあった。けれどわたしは焼け跡の子だった。たまたま焼け残った家は残骸である。トタン屋根にナンキンのつるが這い上り。こうこうと照る月明りをあびていたり。霜であしもとを凍らせている大きな里芋の葉っぱがわたしの家であった。外に出るとヒトは焼け跡という顔をしていた。ヤケアトは法治外圏である。みな、のびのびしていた。欲望は制御されなかった。ヤミ市はドラム缶に札束を押し込み。しかし浪費しようにもする場所もものもなかった。まことに健康である。わたしは敗戦国日本の焼け跡で生きはじめた。十歳。

この詩集は年明けの四週間ばかりの入院時に書いた。もっとも二、三は以前の作品が入っている。最初は神妙にしていた入院生活にすぐ飽いて。雑駁だが気楽で書いてさえいればたのしいわたしを再発見。それに病室が六階だったことも長期としては初体験で。空は地上から見上げるわたしの日常を超えていた。

上梓については小田久郎さんのひとかたならぬご厚情をいただいた。栞は粟津則雄さんにいただいた。また編集部髙木真史さんをはじめ。スタッフのみなさまがたにお世話になりました。わたしとしてはこのようなものをな、と思いつつ思いがけず一冊にしていただきましたことは望外のことでした。有難うございました。うれしいお礼を幾重にも重ねて申し上げます。

三月ひいなの月

三井葉子

三井葉子　みつい・ようこ
一九三六年大阪府生まれ。詩集に『人文』、『句まじり詩集　花』（第一回小野市詩歌文学賞）、『草のような文字』（第十九回詩歌文学館賞）、『浮舟』（第一回現代詩女流賞）など。他の著書に随筆集『つづれ刺せ』、『風土記』、編著『楽市楽談』、『恋のうた』、句集『桃』など。

灯《ひ》色《いろ》醗《はっ》酵《こう》

著者
三井《みつい》葉子《ようこ》
発行者
小田久郎
発行所
株式会社 思潮社
〒一六二―〇八四二　東京都新宿区市谷砂土原町三―十五
電話〇三（三二六七）八一五三（営業）・八一四一（編集）
ＦＡＸ〇三（三二六七）八一四二
印刷所
創栄図書印刷株式会社
製本所
誠製本株式会社
発行日
二〇一一年七月三十日